Omidvar e Irani (Reza Chatrrus)

Meine erste große Liebe

Frühling 15

Herstellung: Rhein. Druck, Weilerswist

9,80 Euro
ISBN: 978-3-944566-35-1

Verlag Ralf Liebe
Kölner Straße 58
53919 Weilerswist
www.verlag-ralf-liebe.de

Für alle Menschen die ihr Zuhause verlassen mussten

*

Die Trennung war grausam

Unglaublich

Schmerzhaft

Besonders für sie

Ich vergesse nie

Wie sie weinte

Wie sie geschrien hat

Nach so vielen Jahren

Höre ich noch immer

Ihre Stimme

Und die Bilder

Ihres Leidens

Ihrer Trauer

Immer wieder

Marschieren sie

Vor meinen Augen

Und hören nicht auf

Wie kann ich es vergessen

Wir waren so lange zusammen

Jeder Tag wurde ins Tagebuch eingetragen

Auf ein Herzblatt

Jede Bewegung

Wir waren zwei Seelen in einem Körper

Alle schauten uns an

Ich hatte das Gefühl

Ohne sie

Würde ich sterben

Ohne sie konnte ich nicht leben

Konnte ich nicht atmen

Konnte ich nichts

Überall waren wir zusammen

Zusammen beim Essen

Beim Trinken

Spazieren

Viele tausend Male

Vor dem Spiegel

Waren wir zusammen

Sogar beim Duschen

Wir waren eins

Ich dachte so bliebe es für immer

Wir waren unzertrennlich

Doch dann kam die Trennung

Dann kam das Leiden

Es gibt Sachen im Leben

Die man nie vergessen kann

Sie litt mehr als ich

Ich konnte überhaupt nicht verstehen

Warum wir das mussten

Schuld hatte der große Mann

Der gutaussehende Mann

Später wusste ich

Dass auch er reich war

Gebildet

Mit einer großen Villa

Und einem roten

Sportwagen

Er war der Schuldige

Der große Mann

Er hatte immer viele junge Mädchen um sich

Er war der Schuldige

Das war schrecklich

Ich wollte gar nicht

Sie hatte vielleicht

Keine andere Wahl

Ich wollte

Zusammenbleiben

Für immer und ewig

Vielleicht

Wollte sie es auch

Sie weinte immer noch

Sie schrie immer noch

Dann begann der große Kampf

Einfach war es nicht

Ich wollte nicht aufgeben

Dann kam der große Mann

Mit einem großen Messer

Und stach zu

Später hörte ich

Dass die Südländer ihre Messer lieben

Überall war Blut

Ich konnte meine Augen nicht öffnen

Sie schrie immer noch

Dann hat der große Mann mich genommen

Und auf den Tisch geworfen

Ich konnte nicht mehr atmen

Überall war Blut

Da war auch ein Mädchen

Ich konnte sie hören

Sie wollte nur helfen

Sie nahm das Messer

Schnitt etwas ab

Und versteckte es

Der große Mann drehte mich um

Begann mit mir zu ringen

Ich war ziemlich Klein

Zuerst packte er mich am Rücken

Dann hielt er meine Füße fest

Nahm mich hoch

Ich war wie eine kleine Glocke

Dann schlug er mich

Nicht einmal

Nicht zweimal

Was weiß ich

Ich konnte nicht zählen

Blut floss überall

Er tat mir so weh

Dann weinte ich

Sie weinte auch

Dann schrie ich

Sie schrie auch

Ich konnte meine Augen

Immer noch nicht öffnen

Während ich weinte

Während ich schrie

Konnte ich hören

Wie der große Mann

Stolz sagte

„Mein heiliger Schlag“

Dann lachte er laut

Das junge Mädchen lachte auch

Ich weinte noch immer

Sie aber schrie nicht mehr

Dann hat das Mädchen

Mich getröstet

Sie auch

Dann nahm sie was

Und wischte das Blut weg

Und half mir

Bis zu ihr

Nah

Sie nahm mich an sich

Sie küsste mich

Sie flüsterte in mein Ohr

Sie redete wie immer

Wie schön ihre Stimme war

Sie hatte immer für mich gesungen

So lange Zeit

Ich liebte ihr Singen

Ihre Stimme

Jetzt fühlte ich ihren Atem

Ihren Duft

Und ihren Herzschlag

Ich weinte nicht mehr

Ich fühlte mich sicher

Alles war zu hell

Viel zu hell

Langsam öffnete ich

Meine Augen

Jetzt konnte ich sie sehen

Sie war erschöpft

Sie war müde

Ich lag in ihren Armen

Im Arm meiner ersten Liebe

Meiner Mutter

Sie schaute mich an

Sie küsste mich wieder

Sie hatte so viel gelitten

Weinte

Und schrie

Vor Schmerzen

Ich weinte auch

Dann wollte ich vielleicht fragen:

So viel Leiden

So viel Schmerzen

Warum?

Musste das sein?

Sie ahnte es

Sie schaute in meine Augen

Sie flüsterte leise in mein Ohr

Mein kleines Ohr

„Liebling,

Willkommen in unserer Welt“

**

Dann kam er

Der Komiker

Der Clown

Er trug kein Clowns-Kostüm

Keine rote Nase

Kein geschminktes Gesicht

Er bewegte seine Augen komisch

Lachte komisch

Und laut

Ich wusste nicht

Wo ich seine Stimme schon mal gehört hatte

Aber ich hatte

Er nahm mich auch in den Arm

Küsste mich auch

Er schrie laut

Und fröhlich

„Bambi, ich bin Agha

Dein Vater"

Dann sagte meine Mutter

„Dein verrückter Vater"

Und sie lachte

Dann lachte auch ich

Er schrie noch lauter

„Guck mal, Eisberg! Bambi lacht mit mir"

Dann lächelte meine Mutter

„Der lacht auch über dich"

Später wusste ich

Meine Mutter hieß gar nicht Eisberg

Und Bambi war mein Urgroßvater

Der im Krieg gefallen war

So musste ich mich nennen lassen

Dann habe ich gemerkt

Er will meine zweite Liebe sein

Aber er war es nicht

Meine zweite Liebe

War das junge Mädchen

Die nette Krankenschwester

Das vollbusige Mädchen

Die für mich gesungen hatte

Mich sogar in ihre Arme genommen

Und mit mir getanzt hatte

Und mich immer wieder küsste

Sie roch auch schön

Wieder war

Der große Mann Schuld

Dann habe ich einmal gesehen

Wie auch das Mädchen

Den großen Mann küsste

Viel später wusste ich dass

Das laute Stöhnen meiner zweiten Liebe

Mit der Babygeburt

Überhaupt nichts zu tun hatte

Wieder war er Schuld

Der große Mann

Ich mochte ihn nicht

Dann wurden wir wieder getrennt

Später wusste ich

Dass auch ich damals geweint habe

Gelitten habe

Weil das Mädchen so nett war

Und ihre Hände waren

So weich

Sie massierte mich mit Baby Öl ein

Sogar die Stelle

Die die Sonne kaum sehen würde

Dann wurden wir wieder getrennt

Wir mussten das Krankenhaus verlassen

Später erzählte meine Mutter

Das Ganze

Als Gute-Nacht-Geschichte

Wie ich geboren wurde

Wie schwer alles war

Wie ich im Arm der Krankenschwester

Ruhig wurde

Und schnell schlief

Wie ich direkt

Nach der Geburt

Meine Augen öffnete

Wie mein Vater verrückt

Nach mir war

Dann erzählte sie weiter

Dass mein erstes Wort war Gaga

Weil ich für Muttermilch Gaga sagte

Und mein stolzer Vater dachte immer

Dass ich Agha rufe

Dann später wusste ich

Ihr erster Satz

An mich

War

„Liebling willkommen in unserer Welt“

Ich war erst sieben Tage alt

***

Ich schlief tief und fest

Ich träumte bestimmt etwas Schönes

Ich träumte immer etwas Schönes

„Du lachst im Schlaf, Bambi"

Sagte meine Mutter immer

Dann passierte etwas Schreckliches

Es war furchtbar

Es kam ein Unwetter

Es donnerte laut

Es blitzte

Ich konnte meine Augen

Wieder nicht öffnen

Vor Angst

Es donnerte so laut

Dass alle Tiere sich versteckten

Die Hunde bellten laut

Wieder war der große Mann Schuld

Mein Vater schrie

Wir hatten einen großen Bauernhof

Mit einem kleinen

Und einem großen Gebäude

Mit sieben Familien

Wohnten wir zusammen

Uroma, Oma, Opa,

Außerdem zwei Tanten mit ihren sieben Kindern

Zwei Arbeiterfamilien

Und Onkel Sibilo

Später wusste ich

Er war überhaupt nicht mein Onkel

Er war Schlachter

Und es gab viele Tiere

Kühe, Lämmer, Ziegen, Hühner, Pferde

Und Sahar, Opas Pferd

Und zwei Hunde

Jeder hatte etwas zu tun

Später wusste ich

Mein Vater kümmerte sich um das Leder

Von den geschlachteten Tieren

Er sammelte es

Verarbeitete es

Und verkaufte es an die Gäste

Die Gäste kamen immer im Sommer

Aus Deutschland

Wie Familie Ledermacher

Später wusste ich

Sie besaßen eine Lederfabrik

Am Rhein

Sie wohnten im neuen Gebäude

Immer einen Monat lang

Als es donnerte

Und blitzte

War die Familie schon da

Sie hatten auch eine Tochter

Lari

Sie war 14 Jahre alt

Später wusste ich

Ihr Name war Larina

Sie hatte Eisenzähne

Und ich war erst vier

Sie hat immer mit mir gespielt

Mich in den Arm genommen

Für mich getanzt

Gesungen

Mich auch geküsst

Sie roch aber nicht gut

Trotz ihrer Eisenzähnen

Wieso sollte sie nicht

Meine dritte Liebe sein?

War sie auch

Später als ich 14 war

War sie selbst beim großen Mann

Sie wurde selber Mutter

Wir waren zusammen im neuen Gebäude

Als das Unwetter kam

Ich schlief schon

Als es plötzlich donnerte

Es war laut

Später wusste ich

Das war kein Donner

Wir sind in den Hof gelaufen

Überall waren Flammen

Und Rauch

Unser Haus

Unser großes Haus

War nicht mehr da

Alle schrien

Ich habe gesehen

Wie meine Mutter weinte

Umfiel

Wie Frau Ledermacher

Die zitternde Larina umarmte

Und weinte

Ich habe alles gesehen

Ich habe gesehen

Wie mein Vater sich selbst schlug

Mit beiden Händen

Auf den eigenen Kopf

Ins eigene Gesicht

Viele Nachbarn kamen um zu helfen

Sie gruben aus

Mit Händen

Mit leeren Händen

Ich dachte sie alle spielen

Ich dachte das ist

Auch ein Traum

War es aber nicht

Alle liefen hin und her

Manchmal kam

Eine Hand aus den Trümmern

Dann schrien alle

Und gruben weiter aus

Dann weinten sie

Dann habe ich gesehen

Wie mein Vater

Sich wieder schlug

Dann schrien alle „Gott ist groß"

Selbst später

Habe ich das nicht verstanden

Wieso Gott groß ist

Wenn ein Toter ausgraben wird

Ich war da

Genau gegenüber vom Stall

Vor den zwei kleinen Hundehäuschen

Die mein Vater gebaut hatte

Für die Hunde

Mit eigenen Händen

Die nicht mehr da waren

Kein Stall

Keine Hütten

Keine bellenden Hunde

Keine fliegenden Hühner

Auch keine Pferde

Auch Opas weißes Pferd Sahar nicht

Das nur Opa reiten durfte

Und nur ich streicheln durfte

In Opas Armen

Nur das eingestürzte Gebäude

Wände

Ich weinte auch

Weil meine Mutter weinte

Dann wiederholten sich

Ihre ersten Worte

„Willkommen in unserer Welt"

Keiner achtete auf mich

Meine Mutter lag auf dem Boden

Sie wurde bewusstlos

Larina musste Wasser holen

Keiner achtete auf mich

Ich weinte so laut ich konnte

So einen Traum

Wollte ich nicht haben

Dann bin ich eingeschlafen

Dann haben wir alle

Sieben Nächte im Keller geschlafen

Mit Frau und Herr Ledermacher

Auch Larina

Später wusste ich:

Das war auch kein Keller

Plötzlich war Krieg ausgebrochen

Alles wurde bombardiert

Alles

Unser Haus

Die ganze Landschaft

Omas Gemüsegarten

Auch alle Bäume

Ich hörte, wie die Mauern fielen

Die Dächer stürzten

Wie alle unter den Trümmern

Nach Überlebenden suchten

Oma und Opa habe ich nie wieder gesehen

Sahar auch nicht

Die Tanten

Und ihre sieben Kinder auch nicht

Auch nicht die Tiere

Das kleine Lämmchen

Dessen Mutter

Die nur mich mit ihm spielen ließ

Und die beiden Hunde

Auch nicht

Sogar der Onkel Sibilo

Obwohl ich ihn nicht mochte

Alles wurde bombardiert

Wieder war der große Mann Schuld

Schrie mein Vater immer wieder

Später wusste ich

Ein großer Mann

Wollte seine Revolution

Dem Nachbarland diktieren

Dort gab es auch

Einen großen Mann

Der aber wollte nicht

Der hatte selbst auch eine Revolution

Später wusste ich

Die beiden töteten

Im Namen von Allah

„Ich pfeife auf Beide“

Schimpfte mein Vater

Dann sind wir

Mit Hilfe der Familie Ledermacher

An den Rhein gekommen

Das war aber nicht einfach

Mein Vater arbeitete in der Lederfabrik

Wir wohnten im Fabrikgebäude

Welches früher eine Kaserne gewesen war

Mit vier anderen Arbeiterfamilien

Die arbeiteten auch in der Fabrik

Mein Vater lachte wieder

Aber nicht mehr so laut

Meine Mutter weinte nicht mehr

Oder vielleicht

Insgeheim

Mein Vater hielt beide Hände

Hinterm Rücken

Und spazierte oft

Im Hinterhof

Zwischen gestürzten Denkmalwänden

Und dachte nach

Meine Mutter nannte es

Aghas Denkzimmer

Ich wurde Erwachsen

Ich ging alleine zur Schule

Und zu Fuß

Mein Vater ging zur Arbeit

Mit dem Fahrrad

Mit seinem alten Fahrrad

****

„Stehe auf

Und

Kämpfe wie ein Mann"

Schrie mein Vater

Und blieb dabei ernst

Ich lag am Boden

Ich war verletzt

Ich war unter dem Fahrrad begraben

Seinem Fahrrad

Seinem alten Fahrrad

Ich hatte Schmerzen am Fuß

Und am Bauch

Ich hatte überall Schmerzen

„So willst du kämpfen?"

Schrie er wieder laut

Ich mochte seine Schreie nicht

Das war wie lauter Krach

„Hör auf zu schreien

Wie eine Krähe"

Dann lachte ich über Mamas Witz

Auch laut

„Steh auf Kämpfer

Deine Mannschaft braucht dich"

Mit Mühe habe ich das Fahrrad

Weggeschoben

Mit Mühe bin ich aufgestanden

Ich habe ihn nicht angeschaut

Wollte ich überhaupt nicht

Ich wollte nichts

Ich wollte auch schreien

„Du willst mein Liebe sein?

Ja kannst du

Nach der Frau in der Bäckerei

Nach der Lehrerin der Parallelklasse

Die keine Hausaufgaben aufgibt

Du Willst meine Liebe sein?

Musst du lange warten.“

Ich habe aber nichts gesagt

Ich wollte gar nicht mit ihm reden

Mit ihm fahren

Wäre es nur ein Training gewesen

Ich wäre nach Hause zurück gelaufen

Aber wir hatten ein Spiel

Samstagmittags hatten wir immer ein Spiel

„Du musst es richtig ernst nehmen

Nicht nur die Spiele

Auch jedes Training

Für deine Karriere ist es wichtig“

Mein Vater stieg immer

Auf das Fahrrad

Sein altes

Und schrie:

„Bambi, komm sitz wieder hinten“

Ich wollte nicht mehr

Ich wollte niemals

Ich wollte immer alleine zu Fuß laufen

Von unserer Kaserne bis zum Sportplatz

Und unserer Kaserne

War es nicht so weit

Er wollte mich immer

Mit seinem Fahrrad mitnehmen

„Sei stolz auf unsere Fahrgemeinschaft, Bambi“

Sagte er immer

Mancher Spieler kam mit dem Porsche

Oder wurde mit einem anderen Sportwagen gebracht

Oder abgeholt

Ich aber kam mit einem alten Fahrrad

Alle konnten uns von weitem schon hören

Und lachten

Sie haben viele Witze über uns gemacht

Und erzählten diese selbst

Wenn ich dabei war

Das wollte ich nicht

Das mochte ich nicht

Ich mochte sein Fahrrad nicht

Mit ihm fahren nicht

Mein Vater und ich

Wir kamen immer als letzte am Platz an

„Bambi, du musst wissen

Wichtige Leute kommen immer zu spät.“

Alle warteten auf uns

Auf die „wichtigen“ Personen

Auf meinen Vater

Auf mich

Und auf das Fahrrad

Sogar die Gastspieler

Und lachten

Von weitem hörten alle

Dass wir kamen

Sein Fahrrad spielte

Alleine wie ein ganzes Orchester

Die Jungs sagten da kommt

Die Kamel-Karawane

Das wollte ich nicht

Meinem Vater war das egal

„Lachen ist gesund, lass die lachen"

Sagte er immer

„Aber die lachen über uns"

Wollte ich sagen

Sagte ich aber nicht

Ich war in der dritten Klasse

Es gab einen Pfiff

Und was für einen

Jeder guckte erstaunt

Selbst die gegnerischen Spieler

Der Ball war überhaupt

Nicht im Spiel

Wir mussten ihn erst einwerfen

Dann kam dieser Pfiff

Wir führten Zwei zu Null

Die letzten Minuten des Spiels liefen

Beide Mannschaften

Selbst alle Gegenspieler

Warteten auf den Schlusspfiff

Doch dieser kam nicht

Entgegen der Wetterberichte

Blieb es trocken

Die ganze Zeit über wünschte ich mir

Ein Unwetter herbei

Doch es blieb bisher aus

Bis zu diesem Moment

Lief auch alles friedlich

Trotz dunkler Wolken

Fiel kein Regen

Ich hörte einige Gegenspieler

Flüsternd den Abpfiff herbeirufen

Dann kam dieser Pfiff

Von unserem Hansi

Hansi war früher Polizeibeamter

Der schon in Rente war

Hansi stand im Ort

Immer auf der Straße

Und regelte den Verkehr

Wenn die Ampel mal wieder streikte

Hansi war zwei Meter groß

Und hatte Schuhgröße fünfzig

Er besaß wenig Haare

Aber dafür einen umso größeren Bierbauch

Hansi war der Ortssheriff

Er regelte einfach alles

Hansi war ein Schlichter

Ehrlich gesagt

Hatten alle Dorfbewohner Respekt vor ihm

Manchmal sogar Angst

Der einzige im Dorf der über Hansi lästerte

War mein Vater Agha

Wie meine Mutter sagte

Mein verrückter Vater

Er war 1,60cm „groß“

Aber schrie dafür umso lauter

Wie zwei Lautsprecher

Später wusste ich

Wir sprachen immer so

Bis zu diesem Tag

Wurde mein Vater dreimal

Von Hansi verbannt

Hansi hatte immer

Rote Karten in der Tasche

Und ich denke

Bisher hatte er diese nur

Meinem Vater gezeigt

Hansi war der einzige Schiedsrichter

Auf dem Platz

Er pfiff alle Spiele

Von den F-Junioren bis zu den alten Herren

Meli war seine Tochter

Später wusste ich dass sie Melanie hieß

Und nie meine Liebe wurde

Weil wir alle Angst vor ihr hatten

Sie war auch immer am Platz

Trotz ihrer zehn Jahre

Und ihrer riesigen Brille

War Melanie zwei Köpfe

Größer als viele ältere Spieler

Sie pfiff Spiele der Bambini

Bei den Spielen in denen Hansi pfiff

War Melanie die Linienrichterin

Sie zog ein Leibchen an

Und half ihrem Vater

Hansi brauchte

Und wollte nie laufen

Er stand im Mittelkreis des Spielfeldes

Und konnte von dort aus

Alles beobachten

Hansi benutzte immer denselben Spruch

"Pass mal auf Junge. Bleib fair"

Dann kam eben dieser eine Pfiff

Ich war sehr glücklich

Dass alles bisher fair ablief

Und selbst mein Vater

Nicht verbannt wurde

Doch dieser Pfiff

War nicht der Schlusspfiff

Hansi riss seinen Arm in die Höhe

Und sagte laut

"Bleibt da wo ihr seid"

Hansi drehte sich um

Melanie wedelte wie verrückt

Mit ihrem Leibchen in der Luft

Hansi marschierte

Mit großen Armee-Schritten zu ihr

Die Spieler hatten Angst

Und rührten sich nicht

Wir spielten auf dem halben Feld

Und konnten alles hören

Melanie zeigte ihrem Vater

Auf unseren kleinen Torhüter

Er saß außerhalb des Spielfelds

Neben dem Sandkasten

Und spielte mit zwei kleinen Kindern

Sie bauten eine Sandburg

Hansi ging auf unseren Torwart zu

Griff mit seiner großen rechten Hand in die Tasche

Und zückte die rote Karte

Und gab einen Siebenmeter gegen uns

Ich sah Agha

Und wünschte mir

Schnell ein Unwetter herbei

Er zog seine alte Lederjacke aus

Seine Glücksjacke

Wie er immer sagte

Die bisher so viel "Glück" gebracht hatte

Dabei besaß er doch nur ein Fahrrad

Ein altes

Ich sah Agha

Er schnürte sich seine Schnürsenkel zu

Ich blickte in den Himmel und dachte mir:

„Wo bleibt das Unwetter?"

Ich achtete nicht mehr auf Hansi

Nicht mehr auf das Spiel

Und erst gar nicht auf den Siebenmeter

Ich blickte nur zu meinem Vater

Er schlich wie eine Schlange Richtung Melanie

Keiner achtete auf ihn

Als er bei Melanie ankam

Standen sie sich gegenüber

Beide waren gleich groß

Spätestens jetzt schauten alle zu Agha

Vielleicht sollte Hansi

Ihm wieder sagen

"Pass mal auf Junge. Bleib fair"

Mein Vater nahm die Brille

Von Melanie ab

Putze die Brillengläser des Mädchens

Setzte ihr die Brille wieder auf

Das war eine große Beleidigung für den Sheriff

Hansi machte erneut große Schritte

Und ging auf Agha zu

Alle schauten zu

Ich sah zum Himmel

Und betete

Ab diesem Moment

Wusste ich das Gott hören kann

Denn bevor Hansi bei meinem Vater ankam

Begann es stürmisch zu regnen

Petrus hatte mich wohl erhört

Hansi brach das Spiel ab

Alle rannten in Richtung Kabine

Oder zu den Autos

Agha zu seinem Fahrrad

Meine Mutter ging mit langsamen Schritten

Und ich ging mit meiner Mutter zu Fuß

Agha schob sein Fahrrad

Das Orchester startete wieder

Begleitet von stürmischem Regen

Alle zwanzig Meter stoppte Agha

Schaute zurück und kochte vor Wut

„Schuld ist immer der große Mann“

Ich blieb auf dem gesamten Weg über still

Ich war erst 10 Jahre alt

Ich spielte in der F-Jugend vom FC Rhein Links

******

Wir alle liebten Anna

Inzwischen habe ich aufgehört

Meine Lieben zu zählen

Weil ich fast jeden Tag verliebt war

Anna war unser ein und alles

Wenn ich sage "ein und alles" untertreibe ich

Sie war viel mehr

Sie war unsere Chauffeurin

Unsere Betreuerin, Masseurin, Ärztin, Wasserträgerin,

Und Butterbrotschmiererin

Und auch unsere Co-Trainerin

Wenn unser Trainer mal verhindert war

Übernahm Anna das Trainingsprogramm

Natürlich mochten wir Anna sehr

Sie war unsere Fußball-Mutter

Jeder liebte und respektierte Anna

Nur einer nicht

Mein Vater

Er sagte immer:

"Sie ist eine Mörderin"

Und mein Vater lächelte immer dabei

Wenn er es sagte

Anna Maria Müller Schmidt Al Hadi

Sie hatte dreimal geheiratet

Leider waren alle ihre Ehemänner

Frühzeitig verstorben

Später wusste ich

Warum mein Vater

Sie als "Mörderin"

Beschimpft hatte

Der erste Ehemann von Anna

Peter Müller

War im Alter von 22 Jahren im Krieg

Gefallen

Anna war damals selbst erst 16 Jahre alt

Nach dem Krieg

Heiratete sie einen gewissen Walter Schmidt

Er war knapp 35 Jahre

Älter als Anna

Sie meinte über ihre zweite Ehe

"Ich weiß nicht, warum ich

So einen Alten geheiratet habe"

Später wussten wir

Dass Walter Vereinspräsident war

Uns war nun klar warum

Anna der Hochzeit zustimmte

Walter starb mit 80

Nach einem Schlaganfall

Wenig später heiratete Anna

Einen reichen Scheich namens "Al Hadi"

Anna war seine fünfte Ehefrau

Anna wusste das nicht

Sagte sie jedenfalls immer

Alle glaubten Anna

Nur einer nicht

Mein Vater

Der Scheich überlebte

Einen privaten Flugzeugabsturz nicht

Anna Maria Müller Schmidt Al Hadi

Erbte ein Haus

Ein Auto

Und ein großes Vermögen

Anna wollte nicht mehr heiraten

Sagte sie

Alle glaubten ihr außer meinem Vater

In Annas Garten

Feierten wir jede unserer Mannschaftsfeiern

Oder unsere Weihnachts- und Abschlussfeiern

Annas Auto war so groß

Dass die gesamte Mannschaft reinpasste

Wir waren nur sieben Spieler

So kam es auch dazu

Dass wir zu jedem Auswärtsspiel

In ihrem riesigen Auto fuhren

Jeder durfte in Annas Auto mitfahren

Außer einer

Mein Vater

Irgendwann aber akzeptierte

Anna Aghas Witze

„Sie ist eine Mörderin“

Sie nahm es mit Humor

Es war im Sommer

Die Sonne brannte regelrecht

Nach der letzten Übung

Mussten wir auslaufen

Dann suchte jeder Spieler sich

Einen Schattenplatz und verkroch sich

Unser Trainer

Ein alter Soldat aus dem Ostblock

Stand immer noch unter der Sonne

Er nannte uns "Kämpfer", "Männer", "Soldaten"

Wir waren erst neun und zehn Jahre alt

Der Einzige der den Trainer ernst nahm

Mitmachte

Und ihm sogar Tipps gab

War mein Vater

Beide standen immer noch unter der Sonne

Und diskutierten

Über das anstehende Hallenturnier

Welches am Wochenende stattfinden sollte

Wir Spieler hatten keine Kraft mehr

Dann kam Anna

Wie immer war sie unsere letzte Rettung

Sie übergab jedem einen Becher Limonadenwasser

Ich war der letzte in der Reihe

Als sie mir einen Becher gab

Setzte sie sich dazu

Und sagte lächelnd

"Junge, den zwei Idioten dort gebe ich kein Wasser."

Dann sagte sie:

"Bambi, nimm ruhig noch ein Schluck Wasser

Ich habe gute Nachrichten für dich“

Ich fragte sie

"Lässt mich der Trainer im Sturm spielen?"

Anna kannte immer die Aufstellung

Sie klopfte auf meine Schulter

„Ich hab etwas viel Besseres“

Dann sagte sie weiter

„Ich weiß dass du nicht glücklich darüber bist

Dass dein Vater bei jedem Training

Und Spiel dabei ist“

Ich hörte auf zu trinken

„Bald wird sich das ändern."

Ich war plötzlich so erstaunt

Dass der Becher mit Wasser auf

Meine Schuhe fiel

Anna fragte:

"Warum kommt der Vater von Thomas nie zum Spiel?"

Ich wusste es ehrlich gesagt nicht

Und reagierte auch nicht

"Weil Thomas eine Schwester hat "

Ich staunte immer noch

„Sein Vater bringt und begleitet sie zum Ballett

Am Wochenende zum Reiten

Und zu ihrem Tanzkurs

Sein Vater hat einfach keine Zeit zu uns zu kommen"

Anna sprach weiter

Ich hörte zu aber verstand immer noch nicht

Was Anna mir damit sagen wollte

Anna ging durch meine Haare

Schüttelte sie und sagte

"Bambi, du bekommst eine Schwester"

Ich sah in dem Moment zu meinem Vater rüber

Er diskutierte immer noch

Mit unserem General

Mit ihren Händen analysierten sie

Das Hallenturnier der F-Junioren

Kreisliga

Ich sah zu Anna

Sie lächelte und sagte

"Siehst du. Bald hat dein Vater keine Zeit

Zum Training zu kommen."

Auf einmal war ich nicht mehr müde

****

Ich stand im Mittelkreis

Weil ich die Kapitänsbinde tragen durfte

Warum?

Weil Jennifer nicht da war

Jennifer war unser Kapitän

Wir hatten eine gemischte Mannschaft

Und der Grund warum unsere Familie

Immer im Mittelpunkt stand?

Weil mein Vater jedes Mal

An der Außenlinie Theater machte

Vor dem Spiel sagte der General

„Kämpfer! Leider ist unsere Anführerin

Heute nicht da und kann uns nicht helfen

Sie hatte was Wichtiges zu tun.

Wir müssen nun für sie mitkämpfen"

Außer den Spielern

War bei jeder Besprechung

Eine weitere Person anwesend

Sie wissen wen ich meine

Wie meine Mutter sagte

„Mein verrückter Vater"

„Die große Kasernentür kann man jederzeit abschließen

Die Tür von Aghas Mund leider nicht"

Meine Mutter hatte Recht

Der General wollte uns aufbauen

Vorbereiten

Dann sagte mein Vater etwas Witziges

Wir lachten alle

Auch der General

Er und mein Vater

Waren sehr gute Freunde

Beide verstanden sich gut

Beide arbeiteten in derselben Fabrik

Niemand jedoch wusste

Was das überhaupt für eine Fabrik war

Das einzige was bekannt war:

Es drehte sich irgendwie

Um Leder

Im Gegensatz zu Agha

Der immerhin ein Fahrrad besaß

Besaß unser Trainer gar nichts

Er musste sogar zu Fuß zur Arbeit gehen

Irgendwann wurde die Fabrik geschlossen

Weil die Firma ihr Schmutzwasser

In den Rhein hatte auslaufen lassen

Beide wurden arbeitslos

Sie hatten ein Jahr Zeit um eine neue Stelle zu finden

Beide hatten somit ganz viel Zeit

Agha konnte Tag und Nacht

Auf dem Platz stehen

Meine Mutter sagte:

"Nimm doch einen Schlafsack mit

Dann kannst du direkt auf dem Platz schlafen."

Wie ich schon sagte

Stand ich im Mittelkreis

Ich habe in diesem Moment Jennifer

So sehr gehasst

Weil sie nicht zum Spiel erschienen war

Zwei Kapitäne und der Schiedsrichter

Der zwei Meter große Schiri

Der "beste Freund" meines Vaters

Schmiss eine Münze in die Luft

Die Münze flog weit nach oben

Als sie wieder unten ankam

Presste der Schiri diese kräftig auf seine

Handfläche und sagte

"Pass mal auf Junge. Bleib fair!"

Dann fragte er den gegnerischen Kapitän

"Der Gast entscheidet zuerst: Kopf oder Zahl"

Der Junge antwortete; „Zahl"

Ich betete zu Petrus

Dass hoffentlich „Zahl" kommt

Hansi schaute auf die Münze

Er beugte sich so weit nach vorn

Bis der gegnerische Kapitän die Münze

Sehen konnte und sagte

"Man muss fair bleiben

Es ist aber nicht Zahl, sondern Kopf."

Hansi schaute mich an und fragte:

"Wo ist Jennifer?"

Ich musste nun wiederholen

Was der Trainer dazu gesagt hatte

Hansi wusste das alles über Jenifer

Aber warum hatte er mich gefragt

Dass konnte ich nicht verstehen

Er fragte

"Anstoß oder Seitenwahl?"

In dem Moment habe ich

Agha so laut wie noch nie erlebt

Er schrie ganz laut

"Seitenwahl"

Hansi lächelte und sagte

"Man muss fair bleiben

Dein Vater war schneller. Und welche Seite?"

Ich schaute zu meinem Vater rüber

Hansi auch

Die ganzen Zuschauer sowie alle Spieler ebenfalls

Alle sahen, was für ein Theater er machte

Agha streckte seinen Zeigefinger senkrecht in die Luft

Und führte diesen dann in seinen Mund

Als er seinen Finger wieder rauszog

Und erneut in die Luft streckte, schrie er

"Nimm die rechte Seite

Der Wind ist zu stark"

Es war Sommer

25 Grad im Schatten

Wir haben 1:7 verloren

Alle meinten, dass unser Gegner sehr stark war

Außer mein Vater :

"Schuld ist der große Mann"

Aber warum war Jennifer nicht zum Spiel gekommen?

Ihr Vater war fremdgegangen

Viele Jahre später

Verstand ich erst was es bedeutete

Jennifers Mutter

Musste das Haustürschloss austauschen

Ihr Vater durfte

Wie gerichtlich angefordert

Ihr nicht näher als 200m nah kommen

Da die Entfernung zum Sportplatz über 300m betrug

Bestand die Möglichkeit

Dass er sie dort antreffen konnte

Ihre Mutter wollte dies unbedingt verhindern

Sie wollte schließlich nicht mehr

Dass Jennifer Fußball spielte

Ich weiß nun

Warum ich Jennifer nie mochte

Und ihre Mutter

Und warum ich ihren Vater hasste

Obwohl ich ihn noch nie gesehen hatte

Ich hasste die Kapitänsbinde

Ich hasste Fremdgehen

****

Eisberg, Eisberg

Eisberg, Eisberg

Das war unser Haustelefonklingelton

Nie werde ich den Tag vergessen

An dem mein Vater unseren

Klingelton geändert hatte

Jedes Mal wenn

Ein neues Elektrogerät zu Hause ankam

Ließen meine Mutter und ich

Als erstes die Bedienungsanleitung verschwinden

Das Problem war nämlich

Dass mein Vater sonst

Die Bedienungsanleitung in die Hand nahm

Und etwas verändern wollte

Und immer ging etwas schief

Irgendwann hatte er

Die Bedienungsanleitung

Vom Telefonapparat entdeckt

Leider besaß diese Anleitung auch

Die Muttersprache von meinem Vater

Sonst hätte ich beim

Übersetzen Sachen geändert

Er hat sich mit der Bedienungsanleitung

Ins Wohnzimmer eingesperrt

Dann nahm er seine Stimme

Als neuen Klingelton auf

Als er vom Wohnzimmer rauskam

Schrie er selbstbewusst

Und glücklich

Wie ein Champions-League-Sieger

„Hört mal her."

Er nahm sein altes Handy in die Hand

Dann begann er die Nummer unseres

Haustelefons zu wählen

Dann hob er sein Handy dabei

Demonstrativ in die Luft

Unser Haustelefon klingelte

„Eisberg, Eisberg

Eisberg, Eisberg…“

Wir waren beim Abendessen

Es war Sommer und wir kamen gerade

Vom Hallenturnier zurück

Das Telefon klingelte

„Eisberg, Eisberg

Eisberg, Eisberg…“

Meine Mutter hob ab

Das war eine unserer Hausregeln

Wenn das Telefon klingelte

Nahm erst meine Mutter ab

Wenn sie nicht zu Hause war

Ging Agha ran

Ich musste immer solange warten

Bis es zehnmal klingelte

Also bis ich zehnmal "Eisberg" hörte

Dann durfte ich auch rangehen

Agha sagte

"Niemand lässt zehnmal klingeln"

Deswegen durfte ich nur nie rangehen

Agha wusste jedoch nicht

Dass die ganze Mannschaft

Und alle meine Freunde das wussten

Und darum zehnmal klingeln ließen

Wir waren gerade beim Essen

Eine Stunde vorher

Waren wir vom Turnier zurückgekommen

Wir sind Vierter geworden

Vierter von vier Mannschaften

In der Kreisliga

Ausnahmsweise nahm Anna

Neben dem Trainer und sechs Spielern auch

Agha mit

Alle waren sich einig

Die gegnerischen Mannschaften waren einfach stärker

Nur einer nicht

Mein Vater

Er schimpfte über den Schiri

"Die haben uns verkauft,

Weil wir Ausländer sind"

Wir lachten alle

Der einzige Ausländer im Team

War ich

Obwohl wir alle Spiele verloren hatten

Hatte ich sehr gut gespielt

Als meine Mutter an das Telefon ranging

Schrie Agha aus dem

Hintergrund

"Eisberg, wer ist am Telefon?

Sag, dass wir beim Essen sind!"

Meine Mutter sagte:

"Der Trainer ist am Telefon"

Agha stand auf

Kippte dabei Wasser über den Boden

Als er den Hörer nahm

Atmete er tief ein und sagte:

"Hiiiiiii General"

Ich dachte mir dabei

Sie würden gerade das nächste Training

Oder das nächste Turnier planen

Ich hörte nur dass Agha immer "Ja" sagte

Als das Gespräch beendet war

Schaute er uns an und sagte:

"Eisberg. Heute ist unser Glückstag.

Wir werden Millionäre."

„Vor dem Essen oder nachher?"

Fragte meine Mutter lachend

Ich dachte mir

Endlich werden wir das Orchester los

Dann sagte Agha ganz ernst

„Bambi ist nun Nationalspieler geworden"

Jetzt lachte ich auch mit

„Man hat ihn auf dem Turnier beobachtet"

Ich war erst zehn Jahre alt

Er sagte stolz

"Champion, steh auf!"

Ich wollte sagen

Dass ich noch beim Essen bin

Aber ich habe es nicht getan

Es hätte sowieso nicht geholfen

"Champion, wir müssen jetzt üben gehen"

Dann nahm mein Vater

Einen Ball

In die Hand und widerholte

"Champion, zieh deine Fußballschuhe an."

Dann nahm er

Sein Fahrrad

Ich musste hinten sitzen

Und den Ball halten

Es war ein sommerlicher Abend

Das Orchester startete wieder

Zwei Stunden dauerte

Das private Training

Bis die Nachbarschaft sich über

Den Lärm beschwerte

Und mit der Polizei drohte

Wir sind mit demselben Orchester

Nach Hause gefahren

Ich war so glücklich als alles vorbei war

Bis er sagte

"Champion, morgen früh trainieren wir wieder"

Das Training war wieder ganz hart

Es war die erste Woche der neuen Saison

Nach dem Training mussten

Wir wie immer auslaufen

Und wie immer merkten wir

Wie sehr wir Anna vermissten

Vor dem Training

Und während der Übungen

Hatte ich das Gefühl

Dass Anna sich vor mir versteckte

Erstaunlicherweise war mein Vater auch nicht da

Als das Auslaufen beendet war

Plötzlich rief der Trainer meinen Namen

Und ich musste sofort in die

Kabine gehen

Als ich dort ankam

Saß Anna traurig auf der Bank

Sie gab mir einen Becher Wasser

Und sagte

„Dein Vater kommt heute nicht

Ich muss dich mitnehmen

Wasch dein Gesicht sauber"

Das waren die letzten Worte

Die ich von Anna jemals gehört habe

Wir sind in ihr Auto eingestiegen

Und sie fuhr los

Aber nicht nach Hause

Ich wollte fragen

Wohin wir überhaupt hinfahren

Ich war sehr müde und dachte mir

Dass Anna schon wissen würde wohin

Dann nach einige Minuten

Bis wir schließlich vor einem großen

Gebäude anhielten

Als ich dort das alte Fahrrad

Von meinem Vater sah

Und erstmals große Freude verspürte

Es bedeutete

Dass Agha auch dort war

Auf dem großen Parkplatz vor dem Gebäude

Standen auch viele

Krankenwagen

Wir stiegen aus

Und gingen durch die große Glastür hindurch

Die sich für uns automatisch

Öffnete

Anna ging zur Rezeption und fragte

Die Dame hinter dem Schalter antwortete irgendwas

Ich konnte hören

Was die Dame sagte

"Zweite Etage, links, Zimmer 204."

Als wir uns dem Zimmer näherten

Hörte ich von weitem

Aghas Stimme

Er redete wie immer laut

Das war das erste Mal

Dass ich seine laute Stimme mochte

Anna öffnete die Tür

Ohne ein einziges Wort zu sagen

Meine Mutter lag im Krankenbett

Und mein Vater hielt ein Baby im Arm

Als wir reingingen

Sagte mein Vater

"Bambi, dein Bruder ist da."

Ich wusste nicht was ich sagen sollte

Am liebsten wollte ich Anna fragen

Ob mein Vater

Nun auch mit meinem Bruder

Zum Reiten gehen würde

Oder zum Ballett

Doch in diesem Moment

Sagte Anna:

„Einen Bruder zu haben ist auch schön."

Ich sagte nichts

Es war Annas 80. Geburtstag

Alle wurden eingeladen

Mein Vater Agha auch

Da haben sich Agha und Hansi

Endlich vertragen

Die haben sich die Hände geschüttelt

Und sich umarmt

Dann hat Anna als Geburtstagkind

So schön gesagt:

„Es gibt eine große Hoffnung

Wenn Hansi und Agha

Sich friedlich umarmen

Dann können das Israelis und Palästinenser auch"

Es war das erste Mal

Dass nach langen Jahren

Mein Vater so glücklich aussah

Er ging zu Anna

Und umarmte sie

Später

Ich habe meine Fußballschuhe

An den Nagel gehangen

Der Traum von meinem Vater

Endete in der Kreisliga

Ich begann zu studieren

Mein Bruder wurde sieben

Die Lederfabrik wurde endgültig geschlossen

Alle wurden arbeitslos

Der General ist von der Bildfläche verschwunden

Dann wollten meine Eltern

In die Heimat zurück

Ich habe gehört

Wie meine Mutter telefonierte

Mein Vater war auch dabei

Das Gespräch war auf der Freisprechanlage

Ich konnte mithören

Alle Nachbarn hörten mit

Meine Eltern dachten ich wäre in der Uni

War ich aber nicht

Auf der anderen Seite des Telefons

Waren alle Verwandten

In der Heimat

Die Familie meiner Mutter

Meine Eltern vermissten sie alle

Der Onkel sagte:

„Der Krieg gegen den Nachbarn ist seit drei Jahren vorbei"

Mein Vater sagte:

„Onkel! Wir haben aber nicht nur einen Nachbarn"

Und lachte

Dann haben alle gelacht

Ich im Stillen

Dann weinte meine Mutter

Dann weinten alle

Mein Vater ging aus dem Zimmer

Ich konnte hören

Wie er die Treppen runter ging

Hinter dem Gebäude

War der ehemalige Übungsplatz der Soldaten

Auf dem Platz

Auf dem sie fürs Töten übten

Dann selber getötet worden waren

Weil die Kaserne bombardiert wurde

Ich konnte vom Fenster sehen

Ich konnte sehen wie mein Vater

Wieder spazierte

Und nachdachte

Dann saß er

Auf den alten gestürzten Wänden

Ich konnte sehen wie mein Vater

Sich umarmte

Ich konnte sehen

Wie seine Schultern zitterten

Meine Mutter weinte im Zimmer

Mein Vater saß draußen

Dann marschierten wieder

Die Bilder

Vor meinen Augen

Die schrecklichen Bilder

Wie die Erwachsenen unter den Trümmern

Ihre Lieblinge suchten

Mit bloßen Händen

Und all die Weinenden

Und Schreienden

Dann die Leichen in der Reihe

Nebeneinander

In der Stille lagen

Eins, zwei

Ich konnte nicht zählen

Ich war erst vier

Dann habe ich

Nie mehr gehört

Von meiner Mutter

„Du lachst immer im Schlaf"

Ich habe von keinem gehört

„Warum willst du nicht

Die Nachrichten

Im Fernsehen anschauen?"

Dann kam Vater nach Hause

Mutter hatte aufgehört zu weinen

Die Entscheidung

War nicht leicht

Sie wollten zurück

Dann kam wieder die Trennung

Es tat immer weh

„Schuld ist der große Mann"

Sagte mein Vater

Und umarmte mich

Seine Augen glänzten nass

Er weinte aber nicht

„Ein Mann weint nicht, Junge“

Sagte er immer

Trennen schmerzt

Mein Bruder weinte

Dann auch meine Mutter

In Trauer

Wurden wir getrennt

Dann waren sie einfach weg

Ich wurde 20

Ich saß in meinem Zimmer

In der alten Kaserne

Ich schaute nach unten

Die Kriegsdenkmäler

Schutt und Trümmer

Mein Bruder war am Telefon

„Was macht er?“

Fragte ich

„Gar nichts

Er hat einen Schlauch in der Nase

Im Mund

Und geschlossene Augen“

Dann fragte ich

Ob er was hört

Mein Bruder war sich sicher

Dass er das nicht konnte

Ich sagte

„Bitte leg den Hörer auf sein Ohr

Ganz nah“

Ich guckte nach unten

Die gestürzten Mauern

Es war dunkel

Es war stark nebelig

Ich habe gedacht

Mein Vater würde noch immer da unten sitzen

Ich machte das Fenster auf

Ich sprach mit ihm

Ich sagte

„Ich sehe dich doch“

Draußen war es dunkel

Ich sagte

„Ich weiß du kannst mich hören

Ich hatte dein lautes Lachen auch gehört

Bevor ich geboren wurde

Dann später dein Lachen

Dein lautes Lachen

Wegen Oma und Opa

Und deinen Schwestern

Und die Kinder, die begraben wurden

Das habe ich nie mehr gehört

Ich will dass du weißt

Ab dem ersten Tag

Neben den Million Eisbällchen

Neben deinem Eisberg

Warst auch du meine erste Liebe

Meine erste große Liebe

Ich will

Dass du das weißt

Wie weh es tut

Dass ich dich

Nicht besuchen darf

Und jetzt weiß ich

Wer schuld ist

Jetzt schrie ich auch wie du

‚Schuld ist der große Mann'"

Dann habe ich im Hörer gehört

Wie alle laut lachten

Und laut weinten

Dann kam

Die Stimme meines Bruders

„Vater weint

Mit geschlossenen Augen"

Es regnete bei mir in der Kaserne

Auch

Mein Vater

Wachte nie wieder auf

Ich nannte einen Baum Agha

Hier

Jeden Sonntag

Stand ich vor dem Baum

Und dachte an ihn

Dann starb

Die Mutter

Und dann auch die Anderen

Jetzt stehe ich jeden Sonntag

Vor einem Wald

Egal wo ich bin

So gibt die Erde

Uns

Jene zurück die gingen

So kann ich mich

An sie erinnern

So kann ich an Sie denken

Der Mensch ist erst wirklich tot,

wenn niemand mehr an ihn denkt.

Bertolt Brecht